PONIATOWSKI.

HATONS-NOUS.

Chansons dédiées

AU GÉNÉRAL LAFAYETTE,

PREMIER GRENADIER

DE LA GARDE NATIONALE POLONAISE.

SUIVIES DU

14 JUILLET 1829,

ET DES COUPLETS

A MES AMIS DEVENUS MINISTRES.

PAR BÉRANGER,

MEMBRE DU COMITÉ POLONAIS.

Publié au profit du Comité polonais.

PARIS.

A L'AGENCE DU COMITÉ, RUE TARANNE, 12;

PERROTIN, RUE NEUVE-DES-MATHURINS, 54, HOTEL DE FRANCE;

GUILLAUMIN, RUE NEUVE-DES-PETITS-CHAMPS, 61.

1831.

PONIATOWSKI.

—

HATONS-NOUS.

Chansons dédiées

AU GÉNÉRAL LAFAYETTE,

PREMIER GRENADIER

DE LA GARDE NATIONALE POLONAISE.

SUIVIES DU

14 JUILLET 1829,

ET DES COUPLETS

A MES AMIS DEVENUS MINISTRES.

PAR BÉRANGER,

MEMBRE DU COMITÉ POLONAIS.

Publié au profit du Comité polonais.

———

PARIS.

A L'AGENCE DU COMITÉ, RUE TARANNE, 12;

PERROTIN, RUE NEUVE-DES-MATHURINS, 54, HOTEL DE FRANCE

GUILLAUMIN, RUE NEUVE-DES-PETITS-CHAMPS, 61.

—

1831.

Propriété du Comité polonais, qui poursuivra les contrefac-
teurs suivant toute la rigueur des lois. (Avis à Messieurs les
Marchands de musique.) Chaque exemplaire portera la vignette
du Comité.

PARIS.—IMPRIMERIE ET FONDERIE DE RIGNOUX,
RUE DES FRANCS-BOURGEOIS-S.-MICHEL, N° 8.

AU

GÉNÉRAL LAFAYETTE,

PRÉSIDENT DU COMITÉ POLONAIS,

ET PREMIER GRENADIER

DE LA GARDE NATIONALE POLONAISE.

MON CHER PRÉSIDENT,

Peu de jours après la grande semaine, je m'avisai de dire qu'en détrônant Charles X on avait détrôné la chanson. Quelques uns s'empressèrent de me prendre au mot, et l'on fit même à cette phrase l'honneur de la répéter à la tribune. Bientôt cependant je me sentis le désir de protester contre cette déchéance (c'est celle de la chanson dont je veux parler). Vous dire ce qui m'en donna l'idée c'st inutile, vous le devinez. Je me mis à penser que nous autres, faiseurs de couplets satiriques et politiques, pouvions bien n'être pas encore au bout de notre règne. Je me fis sans doute illusion:

c'est une habitude commune aux détrônés ; j'allai jusqu'à m'écrier :

> Oui, chanson, muse, ma fille,
>   J'ai déclaré net
> Qu'avec Charle et sa famille
>   On te détrônait.
> Mais chaque parti, ma bonne,
>   Te rappelle ici.
> Chanson, reprend ta couronne.
>   —Messieurs, grand merci!
>
> Je croyais qu'on allait faire
>   Du grand et du neuf,
> Même étendre un peu la sphère
>   De quatre-vingt-neuf.
> Mais, etc. etc. etc. etc. etc. etc.

Il n'est point nécessaire de vous rapporter les huit ou neuf couplets de ce vaudeville qui n'a pas vu le jour et qui se termine ainsi :

> Te voilà donc restaurée,
>   Chanson, mes amours.
> Tricolore et sans livrée,
>   Montre-toi toujours.
> Ne crains plus qu'on t'emprisonne,
>   Du moins à Poissy.
> Chanson, reprends ta couronne.
>   —Messieurs, grand merci!

Or, j'essayai de revenir à mes habitudes chantantes ; mais je vous avouerai que le spectacle de nos divisions ne m'a pas d'abord laissé toute ma liberté d'esprit. Ma pauvre muse, qui commence à vieillir, n'a jamais été d'un tempérament bien robuste. Et puis vous ne l'ignorez pas, mon cher Général, je suis convaincu de la nécessité de conserver et d'affermir les bases de l'ordre de choses actuel. Souvent donc une profonde affliction a fait mourir le refrain sur mes lèvres, en détournant mon attention des objets que j'aurais voulu célébrer : c'est ce qui m'est arrivé pour les Polonais. Membre du Comité qui, sous vos auspices, entretient des relations avec ce peuple si grand et si malheureux, j'aurais tenu à honneur d'être un des premiers à seconder les efforts que vous tentiez en faveur de la plus juste des causes. Mais ce n'est que depuis peu que je suis parvenu à exprimer à ma manière une partie de l'intérêt qu'elle m'inspire.

Bonnes ou mauvaises, voilà deux chansons de genre différent que je vais publier, et que je vous dédie.

N'allez pas croire que je prétends faire de cette dédicace un hommage à vos longues années de gloire et de vertu, ou aux immuables principes de notre révolution, dont vous avez toujours été, et dont vous resterez à jamais le plus illustre représentant; mes chansonnettes n'aspirent point à tant d'honneur. Elles ne vous sont point dédiées parce que vous avez commandé les Gardes nationales de France, ni parce que vous ne les commandez plus ; ce n'est pas même un témoignage de mon respectueux attachement, bien que souvent je me dise :

> Sa vie entière est comme un docte ouvrage
> Par la vertu transcrit, conçu, dicté.
> La gloire y brille ; à chaque jour sa page.
> Point d'*errata :* tout pour la Liberté.
> De bien long-temps qu'à nos pleurs Dieu ne livre,
> Si plein qu'il soit, le chapitre dernier,
> Et qu'un seul mot constate en ce beau livre
> Que le grand homme aima le chansonnier.

Malgré ce dernier vœu, qui n'est pas très modeste, ma dédicace n'est tout simplement qu'une spéculation. Oui, mon cher Général, je mets votre grand nom en tête de mes petits vers pour en assurer le débit. Vous me comprenez maintenant, et vous vous prêtez au moyen que j'emploie pour faire acheter ces deux chansons. Par spéculation encore, je les flanque de deux sœurs, mises là seulement pour grossir le cahier, ainsi que cette lettre, que, dans le même but, j'ai tâché de faire trop longue.

Grace au lustre que votre nom répandra sur mes couplets, puisse le faible produit qu'en retirera notre Comité, l'aider un peu à continuer les efforts qu'il a tentés jusqu'à ce jour pour donner

à nos frères de Pologne les preuves d'une sympa-
thie que tous les Français partagent !

Nous voilà donc associés dans une entreprise
commerciale : aussi, mon cher Général, premier
Grenadier de la Garde nationale polonaise, en vous
renouvelant l'hommage de ma profonde vénéra-
tion, je me permets d'ajouter, sur l'air de la Sainte
Alliance des Peuples :

> Le Polonais de son schako civique
> Ceint votre front, ce front que tant de fois
> Olmutz, Paris, l'Europe et l'Amérique
> Ont vu si calme intimider les rois.
> Lorsque je chante honneur, gloire, souffrance,
> Si dans les cœurs ma voix trouve un écho,
> Pour recueillir l'obole de la France,
>   Tendez votre schako.

BÉRANGER.

10 Juillet 1831.

PONIATOWSKI (*a*).

Air : Des Trois Couleurs. (Musique de VOGEL.)

Quoi! vous fuyez! vous, les vainqueurs du monde!
Devant Leipzig, le sort s'est-il mépris?
Quoi! vous fuyez! et ce fleuve qui gronde
D'un pont qui saute emporte les débris.
Soldats, chevaux, pêle-mêle, et les armes,
Tout tombe là : l'Elster roule entravé.
Il roule sourd aux vœux, aux cris, aux larmes.
« Rien qu'une main! (*bis*) Français, je suis sauvé. »

Rien qu'une main? malheur à qui l'implore!
Passons, passons! s'arrêter! et pour qui?
Pour un héros que le fleuve dévore ;
Blessé trois fois, c'est Poniatowski.
Qu'importe? on fuit ; la frayeur rend barbare.
A pas un cœur son cri n'est arrivé.
De son coursier le torrent le sépare.
« Rien qu'une main! (*bis*) Français, je suis sauvé. »

Il va périr! non, il lutte, il surnage ;
Il se rattache aux longs crins du coursier.
« Mourir noyé, dit-il, lorsqu'au rivage
« J'entends le feu ; je vois luire l'acier!

« Frères, à moi ! vous vantiez ma vaillance.
« Je vous chéris ; mon sang l'a bien prouvé.
« Ah ! qu'il m'en reste à verser pour la France !
« Rien qu'une main ! (*bis*) Français, je suis sauvé. »

Point de secours ! et sa main défaillante
Lâche son guide. Adieu, Pologne, adieu !
Mais un doux rêve, une image brillante
Dans son esprit descend du sein de Dieu.
« Que vois-je ! enfin, l'aigle blanc se réveille [1],
« Vole, combat, de sang russe abreuvé.
« Un chant de gloire éclate à mon oreille.
« Rien qu'une main ! (*bis*) Français, je suis sauvé. »

Point de secours ! il n'est plus, et la rive
Voit l'ennemi camper dans ses roseaux.
Ces temps sont loin ; mais une voix plaintive
Dans l'ombre encor appelle au fond des eaux.
Et depuis peu, grand Dieu ! fais qu'on me croie !
Jusques au ciel son cri s'est élevé.
Pourquoi ce cri que le ciel nous renvoie :
« Rien qu'une main ! (*bis*) Français, je suis sauvé. »

C'est la Pologne et son peuple fidèle
Qui tant de fois a pour nous combattu ;

[1] L'aigle de Pologne est blanc. Les czars l'avaient réuni à
l'aigle de Russie dans leur écusson.

Elle se noie au sang qui coule d'elle,
Sang qui s'épuise en gardant sa vertu.
Comme ce chef, mort pour notre patrie,
Corps en lambeaux dans l'Elster retrouvé,
Au bord du gouffre un peuple entier s'écrie :
« Rien qu'une main ! (*bis*) Français, je suis sauvé. »

(ᵃ) NOTICE SUR PONIATOWSKI.

JOSEPH, Prince PONIATOWSKI, neveu du dernier roi de Pologne, et fils du prince André, lieutenant-général d'artillerie autrichienne, et de la princesse Kinsky de Bohême, naquit à Vienne le 7 mai 1766. A l'âge de seize ans il prend du service, et assiste, comme aide-de-camp de l'empereur Joseph II, à la guerre de Turquie. La diète constituante de 1788 entreprend l'œuvre de la régénération intérieure de la Pologne; une nouvelle armée y est décrétée. Le prince Joseph arrive à Varsovie, et est nommé, en 1792, généralissime des troupes polonaises contre l'invasion moskovite. Kosciuszko est sous ses ordres. Poniatowski combat vaillamment; mais, par la lâcheté du roi son oncle, il est forcé de battre en retraite. Il adresse des adieux aussi sublimes que touchans à ses compagnons d'armes, et s'expatrie. Mais à peine Kosciuszko releva-t-il, en 1794, le sabre polonais, que Poniatowski accourt au camp; il se soumet aux ordres du vertueux ami de Washington et de Lafayette, comme volontaire, combat sous Varsovie, et ne rentre dans la vie privée que lorsque la force armée des Polonais fut détruite ou dissoute en Pologne. Dès l'année 1806, année de l'entrée des Français en Pologne, Poniatowski, avec tant d'autres, lie sa destinée à celle de la France, et il lui sera fidèle jusqu'à sa mort. Ministre de la guerre du grand-duché de Varsovie, et ensuite généralissime des Polonais, il se couvre de gloire dans la campagne de 1809, et complète ainsi une série de victoires fermées à Wagram. En 1811, il est ambassadeur de Pologne, et, en cette qualité, il assiste à la cérémonie du baptême du Roi de Rome. En 1812, il commande 60,000 Polonais, et brise son sabre contre les murs de Smolensk et de Moskou. Toujours inébranlablement attaché à la France, et par conséquent à sa patrie, il rallie, en 1813, les débris des Polonais à Krakovie. La Russie, la Prusse et l'Autriche lui promettent un meilleur avenir pour sa patrie. s'il abandonne la cause française: mais son ame toute polonaise rejette les promesses illusoires des trois envahisseurs-spoliateurs de la Pologne. Poniatowski quitte, sous de pénibles conditions, la ville de Krakovie; mais il fournit par là plusieurs milliers de braves et une bonne cavalerie à l'armée impériale, dont elle a été privée. A l'ouverture de la campagne de 1813, Napoléon donne au prince Joseph le commandement d'un corps d'armée composé de Polonais et de Français, et ce corps est constamment placé en première ligne. Le 16 octobre, l'empereur des Français l'attache plus étroitement aux destinées de la France, et le nomme maréchal d'empire. Le 18 octobre, Poniatowski fait des prodiges de valeur avec 700 hommes d'infanterie et 60 krakousses; il arrête seul les colonnes formidables de la coalition européenne. Les quatorze nations qui ont suivi jusqu'ici la fortune de la République, du Consulat et de l'Empire, abandonnent la France; les Polonais seuls restent fidèles. Deux cent mille Polonais, pendant vingt ans, périssent à l'ombre du drapeau tricolore, et Poniatowski est presque la dernière victime de ce dévouement de fidélité, sans exemple dans les fastes du monde! Les ponts de l'Elster étant détruits pour couvrir l'armée française en retraite, Poniatowski rejette toutes les propositions d'une reddition honteuse que les Polonais n'ont jamais pu comprendre. Dangereusement blessé, il se recueille un instant, et prononce ces dernières paroles : « Dieu « m'a confié l'honneur des Polonais, c'est à lui seul que « je le remettrai; » alors il se précipite dans les flots de l'Elster, et disparaît, le 19 octobre 1813, en protestant ainsi de sa fidélité envers sa nation et envers sa patrie adoptive.

Cette cause immortelle, pour laquelle Pulaski commença une lutte si glorieuse, que Kosciuszko couvrit de lauriers impérissables, que Dombrowski et Kniaziewicz surent si précieusement conserver sur le sol étranger, pour laquelle Poniatowski mourut, et pour laquelle Skrzynecki combat aujourd'hui avec autant d'audace que de gloire : cette cause ne périra point. La France, la Pologne et Poniatowski se confondront sans cesse dans les siècles les plus reculés.

LÉONARD CHODZKO,

Membre du Comité polonais.

HATONS-NOUS.

Air : Ah! si ma dame me voyait!

Ah! si j'étais jeune et vaillant,
Vrai hussard, je courrais le monde,
Retroussant ma moustache blonde,
Sous un uniforme brillant,
Le sabre au poing et bataillant.
Va, mon coursier, vole en Pologne;
Arrachons un peuple au trépas.
Que nos poltrons en aient vergogne.
Hâtons-nous! l'honneur est là-bas. (*bis.*)

Si j'étais jeune, assurément
J'aurais maîtresse jeune et belle.
Vite, en croupe, mademoiselle!
Imitez le beau dévoûment
Des femmes de ce peuple aimant.
Vendez vos parures; oui, toutes.
En charpie emportons vos draps.
De son sang sauvez quelques gouttes.
Hâtons-nous! l'honneur est là-bas. (*bis.*)

Bien plus, si j'avais des millions,
J'irais dire aux braves Sarmates :
Achetons quelques diplomates,
Beaucoup de poudre, et rhabillons
Vos héroïques bataillons.
L'Europe, qui marche à béquilles,
Riche goutteuse, ne croit pas

A la vertu sous des guenilles.
Hâtons-nous ! l'honneur est là-bas. (*bis.*)

Pour eux, si j'étais roi puissant,
Combien je ferais plus encore !
Mes vaisseaux, du Sund au Bosphore,
Iraient réveiller le Croissant,
Des Suédois réchauffer le sang ;
Criant : Pologne, on te seconde.
Un long sceptre au bout d'un bon bras
Peut atteindre aux bornes du monde.
Hâtons-nous ! l'honneur est là-bas. (*bis.*)

Si j'étais un jour, un seul jour,
Le Dieu que la Pologne implore,
Sous ma justice, avant l'aurore,
Le Czar pâlirait dans sa cour ;
Aux Polonais, tout mon amour !
Je saurais, trompant les oracles,
De miracles semer leurs pas.
Hélas ! il leur faut des miracles.
Hâtons-nous ! l'honneur est là-bas. (*bis.*)

Hâtons-nous ! mais je ne puis rien.
O Roi des cieux ! entends ma plainte ;
Père de la liberté sainte,
De ce peuple, unique soutien,
Fais de moi son ange gardien.
Dieu, donne à ma voix la trompette
Qui doit réveiller du trépas,
Pour qu'au monde entier je répète :
Hâtez-vous ! l'honneur est là-bas. (*bis.*)

LE 14 JUILLET 1829 [1],

AIR : A soixante ans il ne faut pas remettre.

Pour un captif, souvenir plein de charmes!
J'étais bien jeune; on criait : « Vengeons-nous.
« A la Bastille! aux armes! vite aux armes! »
Marchands, bourgeois, artisans, couraient tous.
Je vois pâlir et mère et femme et fille.
Le canon gronde aux rappels du tambour.
« Victoire au Peuple! il a pris la Bastille! »
Un beau soleil a fêté ce grand jour,
    A fêté ce grand jour [2].

Enfant, vieillard, riche ou pauvre, on s'embrasse :
Les femmes vont redisant mille exploits;
Héros du siége, un soldat bleu qui passe [3],
Est applaudi des mains et de la voix.

[1] Cette chanson fut faite pendant le séjour de l'auteur dans la prison de la Force, et a été imprimée dans un des numéros du *Globe*, en septembre 1829.

[2] Le 14 juillet 1789, il fit un temps magnifique. Le 14 juillet 1829 fut également beau, quoique la saison ait été très pluvieuse.

[3] Un garde française. La plus grande partie de cette milice s'échappa des casernes où elle était consignée, et prêta secours aux Parisiens pour prendre la vieille forteresse féodale.

Le nom du roi frappe alors mon oreille ;
De Lafayette on parle avec amour [1].
La France est libre et ma raison s'éveille.
Un beau soleil a fêté ce grand jour.

Le lendemain, un vieillard docte et grave
Guida mes pas sur d'immenses débris :
« Mon fils, dit-il, ici d'un peuple esclave
« Le despotisme étouffait tous les cris ;
« Mais des captifs pour y loger la foule,
« Il creusa tant au pied de chaque tour,
« Qu'au premier choc le vieux château s'écroule.
« Un beau soleil a fêté ce grand jour.

« La Liberté, rebelle antique et sainte,
« Mon fils, s'armant des fers de nos aïeux,
« A son triomphe appelle en cette enceinte
« L'Égalité qui redescend des cieux.
« De ces deux sœurs la foudre gronde et brille :
« C'est Mirabeau tonnant contre la cour ;
« Sa voix nous crie : Encore une Bastille !
« Un beau soleil a fêté ce grand jour.

« Où nous semons chaque peuple moissonne ;
« Déja vingt rois, au bruit de nos débats,

---

[1] A l'époque où cette chanson fut faite, le général Lafayette,
qui parcourait une partie de la France, y recevait un accueil
qui rappelait les premiers temps de notre Révolution.

« Portent, tremblans, la main à leur couronne,
« Et leurs sujets de nous parlent tout bas.
« Des droits de l'homme, ici, l'ère féconde
« S'ouvre, et du globe accomplira le tour.
« Sur ces débris, Dieu crée un nouveau monde.
« Un beau soleil a fêté ce grand jour. »

De ces leçons qu'un vieillard m'a données
Le souvenir dans mon cœur sommeillait ;
Mais je revois, après quarante années,
Sous les verroux, le quatorze juillet.
O Liberté, ma voix qu'on veut proscrire
Redit ta gloire aux murs de ce séjour ;
A mes barreaux l'Aurore vient sourire.
Un beau soleil fête encor ce grand jour.

A MES AMIS DEVENUS MINISTRES.

AIR nouveau de ROMAGNESI, *ou* de Préville et Taconet.

Non, mes amis, non je ne veux rien être;
Semez ailleurs places, titres et croix.
Non, pour les cours Dieu ne m'a pas fait naître.
Oiseau craintif, je fuis la glu des rois.
Que me faut-il ? maîtresse à fine taille,
Petit repas et joyeux entretien.
De mon berceau près de bénir la paille,
En me créant, Dieu m'a dit : Ne sois rien.

Un sort brillant serait chose importune
Pour moi, rimeur, qui vis de temps perdu.
M'est-il tombé des miettes de fortune,
Tout bas je dis : ce pain ne m'est pas dû :
Quel artisan, pauvre, hélas ! quoi qu'il fasse,
N'a, plus que moi, droit à ce peu de bien ?
Sans trop rougir fouillons dans ma besace.
En me créant, Dieu m'a dit : Ne sois rien.

Au ciel, un jour, une extase profonde
Vient me ravir, et je regarde en bas :
De là mon œil confond dans notre monde
Rois et sujets, généraux et soldats :

Un bruit m'arrive : est-ce un bruit de victoire ?
On crie un nom ; je ne l'entends pas bien.
Grands dont là bas je vois ramper la gloire,
En me créant, Dieu m'a dit : Ne sois rien.

Sachez pourtant, pilotes du royaume,
Combien j'admire un homme de vertu,
Qui, regrettant son hôtel ou son chaume,
Monte au vaisseau par tous les vents battu ;
De loin, ma voix lui crie : heureux voyage !
Priant de cœur pour tout grand citoyen ;
Mais au soleil je m'endors sur la plage.
En me créant, Dieu m'a dit : Ne sois rien.

Votre tombeau sera pompeux sans doute ;
J'aurai, sous l'herbe, une fosse à l'écart :
Un peuple en deuil vous fait cortége en route ;
Du pauvre, moi, j'attends le corbillard.
En vain l'on court où votre étoile tombe :
Qu'importe alors votre gîte ou le mien ?
La différence est toujours une tombe.
En me créant, Dieu m'a dit : Ne sois rien.

De ce palais, souffrez donc que je sorte ;
A vos grandeurs je devais un salut.
Amis, adieu. J'ai, derrière la porte,
Laissé tantôt mes sabots et mon luth.

Sous ces lambris avec vous accourue
La Liberté s'offre à vous pour soutien ;
Je vais chanter ses bienfaits dans la rue.
En me créant, Dieu m'a dit : Ne sois rien.

Cette chanson a été imprimée dans *le Figaro* il y a plusieurs
mois.

FIN

9 782329 100289